風の狭間で

「青い芝の会」・生みの親からの伝言

高山久子
Hisako TAKAYAMA

現代書館

風は知らない
ただ
吹きすぎるだけ

高山久子

風の狭間で——目次

風にまかせた　柳の身にも　根にも　倒さぬ意地がある

鶯亭金升

意地も張りも　幹の細さよ　青嵐し

れいら

鶯亭金升《おうていきんしょう》

著者の母方の祖父。一八六八年（慶応四年）生、一九五四年（昭和二九年）没。新聞記者、都々逸《どどいつ》などの文芸に秀でた。著書多数。一九五三年に出版した『明治のおもかげ』は、二〇〇〇年（平成一二年）に岩波文庫から復刻されている。「江戸弁」を話せる最後の明治人としてNHK放送文化研究所『全国方言資料』に一九五二年八月九日収録の肉声が保存されている。一九四一年太平洋戦争時下において落語等が禁演され、浅草本法寺に「はなし塚」が建立され禁演落語等が供養されたことは有名だが、碑の揮毫は金升によるもの。

これいらは高山久子のペンネームで、祖父の詩を本歌として、返歌を詠んだもの。

登場人物

斐《あや》――主人公。
生まれながらの脳性まひにより肢体不自由、言語障害等がある。大正末年生まれ。

豪《ごう》――斐より三回りほど年下の男性。大学生時代のボランティア活動をきっかけに斐と知り合う。斐宅に下宿しながら司法試験をめざし、弁護士になる。

和尚《おしょう》――関東の地方の山奥で脳性まひ者の共同体村を作ったリーダー。

母――斐の母親。

父――斐の父親。

祖父――斐の母の父。江戸時代生まれ。明治時代に世俗向けの謡曲の宗派の師匠。

姉――斐の姉。

矢央――斐の姪（姉の長女）。

風の狭間で

序章　カード

二〇〇四年（平成一六年）頃　斐　七十八歳　都内某所

一　登場

交渉

障害者の移動支援費給付[*1]を巡る役所との交渉のため会議室のコの字の対峙を睨みわける位置に座っていた豪《ごう》が、遅れて横のドアから入ってきた斐《あや》に、ゆるく和《なご》みをもたせた振り向き方で声をかけてきた。乾いた空気の後で別の障害者の介護

*1　「支援費」とは、二〇〇三年四月一日〜二〇〇六年三月三一日の三年間だけ存在した、障害者福祉制度。「移動支援」とは障害者が外出することを手伝うヘルパー制度のこと。

に付き添ってきていた顔見知りのヘルパーが、

「豪さんったら、斐さんが入ってきたら　途端に顔付きまで変わってきちゃうんだからー」とささやいてきた。

斐は、的確に、「一の糸」の縒《よ》りの太さをみていた。

斐は、有吉佐和子の小説『一の糸』の登場人物の語りを、うろ覚えながら思い出していた。

「浄瑠璃の太棹三味線の三本に張り渡された二の糸・三の糸の音色の糸は、舞台の上で、その内の一本を切る不始末をしでかしても、それは芯の『一の糸』さえ切らなんだら、とっさの手捌き、撥《ばち》捌きで応急の補いはつくもんや。

だが、要《カナメ》の絃。

『一の糸』を切ってしもうたら、その代わりをする糸はもうないんや。ほいだから、その時は、三味線弾きは、その場で喉、掻き切ってでも死なな、あかんなものなんや」

生来気質

斐のもって生まれた気質は、美意識をもって形作られる方向に定められていた。紆余曲折の繰り返しの内を経ながらも、彼女はここまでそのトラウマに近い習性に引き摺られながら歩んできていた。

自分を持ち始めてから、もうかれこれ青春の大半を使い果たした歳になっていた。

人間宣言の意識に取り付かれてから、気をいれて歳を数えてみたことはなかった。気が付けば長い年月の、その自分の、その横に、常にひっそりと人影が付き添っていた。

それが人の話す福運とか、同情とかいう、軽めな物言いで表されるべき類《たぐい》ではなく、もっと真摯な、運命の水先案内人を兼ねて社会に直接に働きかけようとしている若人達の使命感と思い至ったのは、もう斐はかなり自分を走り出させ、自分と社会との距離感の差が摑めるようになりだしてからだった。

半分以上は退っ引きもならぬ、その彼等の、内実のハードルの高さと、自分との差。学のなさを露呈させながらでも、それでも、彼女はそういう毎日に魅了され続けていた。

何処がどう自分と彼等とが違うのか。そう問い詰められれば、自分の内に培った何かを自身の論拠として使いこなせる力が養われていないと云うことだけだった。


もし激動の昭和期の後半がなければ、今の現実で斐の置かれている自由・平等・共同体的な価値基準感覚は、金輪際彼女の内に宿ることはなかっただろう。刻はそれ程の隔てを置いて、不思議なくらいの緩やかさを漂わせて斐一家を駘《たい》蕩《とう》*2とした空気の内に囲い育んでいた。

彼女の家には男ッ気は無かった。

父親以外は、母、姉、妹である斐、その外は使用人の女中が二人、多い時は、桂庵《けいあん》*3から「ぜひ、お宅様なら」と田舎から行儀見習いに出てきた小女を連れてこられ、つい二人・三人と、増えたりする他には、毎日曜、父の趣味である枯れ山水を模した庭造りの相手に来る、引退寸前の頑固老爺の庭師という、女性ばかりの閑暇な戦前からの中産階級の暮らし振りを保っていた。

だから彼女の一生には、政治・男社会が、関わる余地はないはずのものだった。

二　カードの意図

にらみ合い

久しく足を踏み入れていない区役所の佇まいも、呼び名も「何々区西行政セン

*2　のどかな様子。

*3　芸者などの周旋業者のこと。俗に「口入れ屋」。

ター」と様変りをみせて、昔を知る斐には驚きを感じさせていた。

荒事の公《おおやけ》との交渉事には引き出され「並び大名」を務めたことが三十代の昔はあった。

だが区役所に顔を出した覚えは少なかった。

一昔前、戦後の焼ヶ野が原の霞ヶ関の本省の仮庁舎の内で、中腰で机を激しく叩かれ、ドアを指差され、野良犬のように「出て行け！」とされた、かつての官僚の居丈高さは、久しぶりに立会う交渉の場にはさすがにみられなくなっていた。

かわりに緊迫感を盛り上げようと気張をみせている障害者側の若いサポーターの、数々の運動で鍛えた野太い声が、時折り景気付けをするだけの締まらない顔見せ興行になっていた。

お役人側は二時間余の白々しい薄笑いが浮かぶだけの「低姿勢」とも云えない、ただひたすらだんまりを決め込んだ長丁場の布陣が続けられた。

障害者の外出時間は健常者の余暇時間を上限にせよ!?

そもそも荒々しい交渉ごとになった理由はこの自治体の障害者福祉の行政責任者が、

「当区にいる障害者の外出支援費の支給時間は一人につき、【一日一時間、一月あたり三二時間】を上限として助役が定めることとした。区内の障害者の外出支援費は全員二〇〇四年四月から、この時間以下に削減処分を行う!」

と区議会で宣言したことだった。

そしてこの日の交渉で、固く閉ざされた吏員の口が僅かに開かれ漏れたのは、

「当区における支援費の外出移動費の支給基準は、障害の無い一般市民が働いている時間帯外の週末の息抜き・レジャーに使う時間帯に相当する。

一般市民の【余暇時間】にあてる土、日の計算に基づく。

土曜日四時間、日曜日四時間合計週八時間として、四週として、八時間×四週＝三二時間を一か月の障害者の外出時間の上限とする」

という机上計算の一言を示してきたことだった。

交渉の主人公は区内で今回の行政の宣言により最も被害の大きい、今まで一日四時間、月一二四時間の外出支援費を支給されてきた一九五二年（昭和二七年）生まれの五十二歳の男性障害者だった。

このままだと交渉の一週間後から、外出時間が一日四時間から一時間に、月一二四時間から三二時間と四分の一にまで激減されることになる。

「これでは今までやってきた社会参加活動ができなくなってしまう。障害者は家から外に出るなというのか！」

という怒りだった。

これでは障害者は家の中の座敷牢に閉じ込められていた戦前と同じだった。

いやそれ以上に、昔より理解出来ないことは、国が支援費法を何のために、誰の何を認めて設けた法規なのか？　ということだった。

やはり官僚は、官僚だけの世界にマッチした持主だけを政策対象としていた。障害者も一般社会の中に参加しようという世相が定着してきたことを信じた男性障害者のこの申し立ても、役所側としては、その職務上の上層部の意向に結論を導こうとしていた。

ここにおいて、重度障害者の申し立ては、役所側が重度障害者を人間としての目線では見ていないことを露呈させたにすぎなくなっていた。

故に、肝心の重度障害者の申し立ての本筋の福祉という言葉の認知は、七里けっぱい*4宙に浮かされたまま、この対峙は、意味をなさない、時間切れに持ち込ま

＊4　「七里けっぱい」。しちりけっかい【七里結界】の音便。密教で、魔障の侵入を防ぐために、七里四方に境界を設けることに由来し、ひどく嫌って人を寄せつけないこと。

れていた。少なくとも、斐にはそう受けとれていた。

国策

そもそも、事の興りのこの移動費の燻《くすぶ》りの経緯が斐の耳に入ってきたのは、支援費の施行がなされてから、あまり年月はたっていない時点だった。

日本の福祉行政は、主に公務員によって賄われていた。それを大幅に民間委託に下げ、民間企業の活性化を図る意図で、国が打った策はあたり、介護保険のヘルパーの労力販路も広げられた。が、その反面それまで利用を控えていた若い層の年齢の障害者にも、徐々に、街に出たい・外に出たいとする数が増えてきてしまい、財政パンク寸前の痛し痒しの様相も見せ始めていた。

その削減のために持ち上げられた机上論理が、先に中途半端とみなしてピックアップしてあった、障害者達の支援費の一部、移動費に上限＝キャップをはめて、財政抑制の根拠とする福祉関連の遣り繰りの案策だった。

その案策に都内の一区、斐達の区が名乗りをあげてしまい、先駆けの形で踏みきった。放っておけば格好の税の、振り分け削減の策とみなされ、全国規模で、他の都道府県にも広がり、事実上の法規とみなされてしまう恐れはあきらかになってきた。

抵抗の方策

其処に起こされた、男のクーデター張りの申し立てが、これに繋がっていた。すでに槍玉に上げられ、ボコスカに吏員の暴言をあびせられ、男は追いつめられていた。この問題は仲間達にも及ぶと判断を下し、素直な仲間意識も手伝って、申し立てをする知恵もサポーターの若者達にバッチリと付けられた事もあり、彼なりの素直な朴訥さで動きだした。彼、男の素性は、その筋のCP[*5]活動家の範囲内で大きな存在でもなかった。役所側の思惑の内では、とうにCPという障害名

＊5　CP：Cerebral palsy（脳性まひ）の略。

だけで、男の力量は論外と知れていた。

小煩いサポーター達に焦点をあわせて、それとの時間稼ぎに明け暮れしていれば、やがては通常の一般論に埋没させてしまえると軽く踏んでいる事は、斐の、社会経験の読みの肌触と見事に合致していた。旧来に依存し過ぎる卓上ばかりの政治の綻びである時代錯誤の一端を垣間見せていた。

同じ人権と平等論の合致でも、若者達とも、自分達CPとは、思いの立脚点からの発想と着眼点に、大きなひらきがある。だからこその訴訟ではないのか。そんな冷静な分析の受け取りや、種のほじくりは、学問も世相学習の機会も持たされていなかった仲の一人である男には、斐同様のタタズマイの内では、難しすぎた。兎に角、自分に対する吏員の嵩に懸かった態度と暴言を払い除けたかった。諸々の感情と、やりきれなさ優先の、区内行脚を始めたのは、男にはふさわしい行為だと思われた。

だがその過程の逐一を、斐の家に訪問してきた折に自ら語っていながら、男自身、案の定、何も得た様子はなかった。支援費の移動を必要とし、使う障害者のパーセンテージは低い。その辺が区員側の読みだった。そこを衝けば、此の案件は楽に通せる。そのエアーポケットに男ははまっていた。

少しでも働ける障害者は支給から外されているか、必要とする感覚はとぼしくなるのか、競争社会の一員の自信を得ている相手は、「仕方ないんじゃない。税金足りないんだからさー」ぐらいの、あたり触りのない、遠い反応しか返してこない、一緒に戦う状態にも居ない、中途半端な状態の断面の世相がしばらくは続いていた。そういう過程の中にこそ、学習の悟りがあるのに、彼のはただ一途な自尊心と、仲間意識の希薄さにも裏切られている、感情の煮えの鬱憤を、ただ語るだけの行脚になりかけていた。

それでも、めげないのが男の身上だった。反応の薄さに障害者自立センターとやらの相談部に持ち込めば、「これは弁護士に相談するといい」と、あっさり云われ、素直な男はその気になった。考えてみれば、其処までのアドバイスがあるのなら、どういう系統の弁護士に頼めとか、名前はあげられないまでも、その筋を教えるとかの親切心があっても良さそうだし、彼も重ねてその辺の押しはあっても、とも思うものの、男生来の素直さからか、鵜呑みのままに、弁護士探しを始めた。

幸いにインターネットにそれらしい弁護士を見つけ、会いにいった。渡されたパンフレットに、法律改正に熱心で、その関係で障害者とも交流がある旨の欄があった。一通りの話しの筋で、弁護士は、これは生活保護に関する事項に入るし、行政との橋渡しか、へたをすれば七割方、損失になりかねない節もある、自分の将来の抱負に掛けても首を傾けざるをえない、ボランティア的仕事と判断したらしい。その弁護士はその頃儲けにならない社会的活動の依頼ばかりが自分に集中する限界を感じ「ボランティアは出来ない」、つまりは引き受ける気はないといとも簡単に依頼に応じなかった。

社会ルールに疎い相手とはいえ、これも人間本来の姿の一つの表れ。ハンデをとっぱらった利害関係優先の社会・世間との、直接対決の土壌上の厳しさは、まだ仮想社会を信じている男に必要以上のショック症状をおこさせていた。

仲間内からは木で鼻をくくるように袖にされ、考えあぐねた末の結果。知恵を付けられたのは、自分と同じ支援費関係で介護にはいっているヘルパーの話の糸で、名前だけは聞き知っていた縁を頼って、斐の前にそのヘルパーに伴われてあらわれた。

話の筋で大体の、人となりは解かった。理解もできた。それだけの男への予備知識をもって、斐は全体を整理し見定めて診てみていた。無論彼女は、一地域で留めるべき内紛問題とは、受け止めてはいなかった。其処に自分を置いてもならない、とも思っていた。

手の内のカード

こういう経緯の内包の内で、福祉関係の職能に携わりながら、何故か上司との任職折合いもならぬ手枷・足枷の、四苦八苦の縺《もつ》れの狭間に居る、若手の吏員からの密かなメッセージのおもむきなのか。ともかく、時代の過意性の現れは、弁護士というカードで投げられてきていた。

それをマクロに読み解くか、ミクロに使いこなすのかは斐の領域ではなかった。三者、役所側の宮仕えの論旨と、若者の血の滾《たぎ》りの論鋒の組み違いを分離し、共有の論点に引き戻し得る人物。それは偏に法を司る弁護士。その任に当るべき過渡期の混迷の内に、共にライフワークを、これと定めた適格者は、捜すまでもなく、斐の手の内に握られたカード一枚の主だった。彼女は何も語らず、ただ豪の名を男に告げた。

次世代の幕開きは既に始まっていた。分は弁えるべきものだった。

第一章　大正ロマン

斐の系譜・母・祖父母

一　斐の生家の情景 ［一九三一年（昭和六年）〜　斐幼少期　五反田］

「オーイ　引っぱってくれぃー」

見上げるまでもなく、野っ原で遊んでいた子供達も、水車小屋の職人・畑仕事の農夫達も鋤・鍬を放り出して、ソレッと駆け出してゆく、そして杭をぶらさげてコロコロコロと転がっていく尾を引いた綱の先に必死に取り付いて引き摺られてゆく男の背に、最初に走り着いた一人が飛びつき、前に回った何人かが綱を握り、後の人数はエッサエッサと元の杭の処まで綱を引き戻し、深く打ち直した杭に縛りつけるとお定まりのことを終えたように、後は何事もなく自分達の持ち分に散ってゆく。

近くに世界的な発明・通称八木アンテナを研究した電気通信研究所がある処だからか、研究員と観測ゾンデを乗せた気球が、なにも遮るもののない海の近さからか、度々の突風や強風に煽られての、この騒ぎは珍しいことではなかった。

夏は水車を回す板囲いの水道《みずみち》の囲いの内を、終日ハナ緒の切れるまで歩き回り涼しさを満喫し、秋の台風シーズンには目黒川の氾濫をよいことに、野原一面の水浸しを喜び、年かさな子供達はそれッと洗濯盥《たらい》を逆さに船にみたてて舟遊びと洒落込むという、今では信じられないような風景。つい一世紀に満たない、現在の東京都品川区五反田周辺は、こういう鄙《ひな》びた素朴さをただよわせている箇所だった。品川は徳川家にとって要衝の地であったが、その利の理《ことわり》よりは、三百年続いた太平の内に培われた、「大木戸の関所の外側はご府外」という武張《ぶば》った名称とは別の風情をかもしていた。旧島津侯爵邸の建つ「島津山」や、「八つ山」、

「御殿山」などと称される一帯に、かつて御殿や屋敷が構えられ、周辺の風光明媚な地の利を愛でる庶民の格好の外座敷として、品川遊郭や梅見・潮干狩りなど遊興の場の趣きと、東海道その他の交路へ踏み出す分岐点の役割を網羅しながら、それなりの江戸の繁華さをも享受できるという、ご府内の粋人や庶民の息抜きの場としても成り立っているような町並みもそなえていた処だったらしい。

二　斐の祖父母

「奥さーん、いま先生お帰りだったよー。ありゃーいい句ができた証拠だーね。えらくご機嫌でニコニコしてなさってたよ」

五反田の商店街の主人達だけでなく、祖父母は町の有名人になっていた。

斐の母方の祖父母の家が、孫や弟子・使用人の数も増え、今の卸売センターの脇道、区画整理で崩されてしまった崖を裏手に控えたかなりな門構えの家だった。

一家は兄弟姉妹七人とその両親である祖父祖母とその孫ら・その他・使用人とが、もろもろの訳の解からない繋がりを持つ人間関係を網羅し尽したような、俗にいうその頃の人間感覚というのか、御一新[*6]前の、一族郎党という色濃さを当然とする数々のエピソードを抱え込み撒き散らしながら暮らしていた。

小学校前後の斐でさえ、幅をきかせているのでてっきり従兄弟《いとこ》の頭分か、祖父母のどちらかの甥か姪かと思っていた人物が、ある日突然に母のすぐ下の叔母の、婚家先の血の繋がらない人間だと知ってみたり、斐の母の一番上の伯母の長男・長女がそろって、祖母の生んだ五女・六女と同い年で、喧嘩を始めると、甥っ子にあたる方が負けてはおらず「なんだー、叔母さん・叔母さんだと威張るない。叔母さんって云ったって、たった三日しか違わないじゃないか」と息巻くのに「三日でも叔母さんは、叔母さんだぞー」と、訳の解かったような解からない理屈が飛びかったり、その中に祖父の弟子筋の娘さんが巻き込まれていても、容赦無く平気で叱り飛ばせる芯のふとささを持ち合わせているのが、祖母の持つ家に対する態度と、自信の信条を示す情の表し方だったりした。

ともかく誰でもが出入り勝っ手自由とまではゆかないまでも、訳の解からない渾然とした、人間関係を極く当たり前の信条と家風と受け取らせてしまう処が祖母の明治女としての面目躍如たる雰囲気を中心に繰り広げられていた。

祖父は斐が十二・三歳の頃には、もう押しも押されもせぬ雑俳*7の宗匠として名を馳せていた。

新聞社に籍を置くところから、劇評や文芸欄を担当していたこともあって、当時の人気役者・歌舞伎の若手俳優の左団次*8や、新派の北村緑郎等が俳諧の弟子としての礼を尽くし運座の席に連なったりした。

節季には紋付・袴で自宅に挨拶に現れて家中の女達をわかせたりした。

＊6　御一新＝明治維新のこと。
＊7　本格的な俳句に対して、「都都逸《どどいつ》」など雑多な形式と内容をもつ遊戯的な俳諧。
＊8　二代目市川左團次。

最後の浮世絵師と云われている小林清親が、同じ旗本の出身の縁もあってか、祖父母の口利き仲人ということもあってチョクチョク顔をみせたりしていた。新進の小山内薫[*9]兄妹がまだ書生気分のぬけぬままに現れ、興がのれば勝手に泊まってゆき、薫の妹の八千代さんが、斐の母の一番上の姉と仲良しのところから、幼い母も何かと「八千代さん、八千代さん！」とまとわり付き遊び相手をせがんでいたという。

その頃の文芸関係の文化人の大方との交流があったことは窺えるような賑やかすぎる営み方が毎日のように展開されていたらしい。

祖母は、夫・金升《きんしょう》（斐の祖父）との縁談の話がある前に、歌人の佐々木信綱さんからの縁談があり[*10]、「私はよほど筆を持つ人に縁があるんだねー」と漏らしていた処から推せば、御殿医[*11]の娘として生まれ、マデノ小路通房公[*12]の奥方付のお小間使いとして、公家や上方《うえつがた》[*13]の奥向きへのお使いなどをこなし、それなりの礼儀作法の素養は身につけているのだが、「医は仁術」の伝えが身に付いているのか、町中の気風・市井人の人助け・伝法さは根っからの自分の性として、上方の内・外の区別の厳しい伝承や格式の世界、公家系統の奥向きを司る地位を重んじるよりは、同じ筆を持つ文人でも、市井に身を置く方が自身の任に合った生き方と、選んでの祖父への嫁入りだったのだろう。

そのせいか祖父を訪ねてくる文人墨客《ぶんじんぼっかく》*14の多くは祖母の人柄と気風《キップ》のよさを愛していた。

*9 明治末から大正・昭和初期に活躍し、演劇界を革新した劇作家、演出家。
*10 真偽は不明。
*11 御典医《ごてんい》とは、典薬寮に所属する医師。転じて江戸時代には将軍家や大名に仕える医師をこう呼び、御殿医と表記することもあった。
*12 万里小路《までのこうじ》家は、建長二年（一二五〇年）頃に始まる名家と言われる。万里小路通房《みちふさ》（一八四八年（嘉永元年）〜一九三二年（昭和七年））は、一八八四年（明治一七年）に伯爵。一八九一年〜一九二四年（大正一三年）貴族院伯爵議員。
*13 身分や官位の高い人を指す言葉。
*14 詩文や書画などの優雅で趣のある芸術を創作する人のこと。

ほろ酔い気分で弟子を引き連れて祖父に会いにきた墨客に町中で行き会い、「いよー女長兵衛《おんなちょうべえ》元気にやっとるな」などと冗談半分に絡まれても、「嫌ですよー、往来中でそんな大声で……。宅はお待ちしてますよ。どうぞお先に、私もじきに戻りますから……」と、軽くいなせる卒のなさは、ある点では祖父の社会的知名度よりは親しみやすさのうえで勝っていたかもしれない。

祖母の動向の面白さは幕臣と市井人の気風を一気に使いこなせる処にあったようだ。

三　江戸っ子

春・秋の節季には「奥さん、今年は何日ですかー」と御用聞きの小僧達が顔を出すたびに一人ひとりが同じことを尋ね始める。

「あぁ、そうだねー。今年は、お中日は忙しいから……、二日・三日前にしようかねー」と応える。

そうなると、その日の早朝には、頼みもしない薪の束を抱えた小僧がやってくる。

「これ、旦那が持ってけって、差し入れだそうです」

他の曜日に来るはずの小僧達や、見馴れない顔ぶれがチョロチョロ顔を覗かせたりし始めては、水汲み・竈《かまど》の下の火加減をチョイとみては薪を二・三本放り込んでゆく者もいる。

年季奉公では年に一・二回の藪入と買い食いさえもままならない。

よって此の永田家の行事は小僧達には待ち望んでいたカキイレ時の日となる。

祖父母の大所帯と人出入りが多さと泊まり客の煩雑さは年中の事。

したがって台所も広い。二つある特大の据え付けの大竈には、前の日から仕掛けられていた小豆と餅米がグッグッと音をたてて煮込まれている。

家中の人間がなんやかやと囲み合う、これもおもいきり特大の重い食卓を三・

四人の男共がエッサ・オッサと台所の上りカマチ*15に近い板敷きの床に据える。

それを顔が映るほどに力を込めて拭き清め、襷《たすき》掛けの祖母以下の女共は手をアンコだらけにしながら、赤ん坊の頭ほどもある、これも特大の小豆のときな粉をまぶしたお萩を、机の端からじかに並べてゆく。

待ち構えていた小僧達は物も云わずに、置いたそばからかぶりつきお腹一杯詰め込む。中には外の地区を回っているみせた事もない顔ぶれが混じっていても、そんなことには祖母は一際頓着なしで食べたいだけ食べさせる。

それが永田家の仕来たりの一つであり、祖母の道楽の楽しみみたいなものとして定着していたという。

そのほか町内の揉め事にも一役買い、口利きに引っ張り出されたり、家に居れば居るで近所に所帯を持たせた書生上がりの、祖父の弟子のかみさんが髪ふりみだして朝っぱらから駆け込んでくる面倒事も、祖母の役割だった。

癇性《かんしょう》の祖母は長火鉢の向うから、いつも手にしているキセルの吸口をぷッと

吹いて灰をふきとばし、それを帯に挟み込みながら、
「またかい、朝っぱらからしょうがないねー」
と口小言を云いながらも腰を上げて出かけて行き、近くにある品川遊郭の遊びにほうけた朝帰りの照れくささからの、後には引けぬ亭主の意地とやらを振り回している亭主をギュウといわせる小言を云い。それは、まるで新派の舞台か草双紙の世界をじかにみるようだったと斐の母は寝物語りの種にしていた。

斐は直接的には祖母と会話をかわした記憶はない。いつも大勢に祖母は囲まれていた。

彼女の記憶は思い出すたびにお腹を抱えて笑いころげたくなるような、「ただの木の話」だとか、「チンチン・ドンドンの話」とかの逸話の内にいる。

しかし母には、一番下の叔母を片付けたら、斐は私が引き受けるからね。と

＊15 「上《あが》り框《がまち》」。上り口と土間の段差に設けられた横木。

常々語っていたという。

六人の女の子の、一人置きに自分の気性を持つ子の内での、猫の手も借りたい時期に年頃を迎えた母は、格好の役に立つお気に入りの、目端のきく片腕に育てあげられていたらしい。

そもそもは、自分が名前を呼んだらその声が消えぬ間に返事を返し、自分の横に坐り「ご用はなんでしょうか」と直ちになおらなければ気に入らぬ気性の持主である祖母が、孫の内でも「その他大勢」の内に入る、何事も一拍置かなければ言葉も手足もスムースに動かせぬ斐を、自分の歴史感覚の中で、どう育てるつもりだったのかは、いまは謎であり、果たして母が彼女を手放したかも解からない。

ただ、母が故意か意図せずにか、抜け落としている処の物が、一拍飛び越してなぜか斐の包みのどこかに憧れの形で包み込まれていることは確かなことのようだった。

その祖母の飛び抜けた江戸っ子の気風の良さと、およそ懸け離れた田舎育ちの何事ももったりと考え、やおら腰を上げて、動きはじめるような父親と、祖父の文化人の素養との混在の比重よりは、母と祖母との二代の鉄火さの誘惑の方に走りたがる自分を、時にふれて強く意識させられたりしていた。

第二章　宣告

斐　二十代〜五十代

一　陽だまり　［一九八〇年（昭和五五年）頃〜　斐五十代　多摩川沿い］

陽を葉裏に映す上を小虫が忙し気に行き交い、異質の相手にぶつかり触角の振れにあわてて向きをかえ、あらぬ方向へと避けあって行く。顔を覆った帽子をチョイと持ち上げて斐はまどろみの後のぼやけた目元でそれを見上げていた。

多摩川の東京湾側から幾つか架かる陸橋の一つ、昔は通称ガス橋とも呼ばれ、ただの剝き出しの太いガス管の上に素板を乗せただけの物が、川崎大空襲の頃までの、近隣の人達の間では、往来可能の重宝な近道とされていた。

それがいつの間にか本橋にとって変わり、ガス橋の名の残りを忍ばせる意味か、橋のたもとの土手下の窪みに、ポプラまがいの葉の広い樹木が一本、日陰を保たせていた。

その幹の繁りに合わせ、盛り上がったその根に頭をのせた横で、これも幹に背をもたせ、膝にマーカーペンと本を抱えこんで暗記に余念のないポーズの豪との、そこが二人のここ二・三年のお気に入りの場所になっていた。

河川敷の向うの釣り人も散策を楽しむ人影も、彼女が駐めた高齢者向け電動車いすを珍しい障害者機具と見るぐらいで通り過ぎてゆく。

夏が来た、ほどけたレースのような風の揺れの中でしみじみ斐はそう想った。

斐は一人暮らしになっていた。

いっかな斐を手放そうとしていなかった母は老人ホームに入居していた。父は激動の昭和期・敗戦を無事切り抜けてみまかって[*16]いった。

＊16　身罷《みまか》る。死ぬの自身側の謙譲語。

二　封建制　〔一九五〇年（昭和二五年）〜一九七〇年　斐二十代〜四十代〕

姉は戦後の父の死後、家督主におさまり、解き放たれた駒《こま》*17のように想いのままに家計を独占しつづけていた。

誰にも相談しなかった。身内は姉の娘の矢央一人に限っていた。その結果は明らかだった。

大黒柱がいなくなり、すっかり凋落したこの家の体面上の諸々の恥と外聞を、自分の力で払拭したかったのだろう。

一度だけ母は父の死後、姉と衝突した事があった。

母は斐を連れて死ぬと息巻いた。

「わたしは嫌だわ」

斐はつぶやいた。

親の密度は斐の成長を度外視していた。

落ち着いて姉もすかさず云った。

「斐もあぁ云ってますから、この話はこの辺にして、お風呂に入っていただけませんか、私も矢央の制服にアイロンかけたいので……」

母は大きく息を吸い込むとスイッと立ち上って階下に降りていった。

姉は長火鉢のドウコ*18の湯加減を見、埋《うず》み火にする灰をかき寄せながら静かに云った。

「あれは夫を持った女にしかできない甘えだ。私にも、お前にもできない」

そう云いきると、これも静かに下へと降りていった。

父の思いも、母の美学ももう風化していた。父は財産の総てを何回かに分けて姉へと生前贈与の形を取っていた。

＊17　子馬のこと。
＊18　「銅壺《どうこ》」。銅や鉄で作った湯沸かし器。長火鉢の灰の中に埋め、火気により湯が沸くようにしたもの。

その折に傍らの母に向かって「お前の名義に少しはしておこうかね」と聞いた。

そのとき即座に「いいえ、私と斐はあの子の世話になるのですから要りません」といって、欲の無い女だ、と言われたという。

それが母の誇りだった。

母は古風ではなかった。時代の文化もそれなりに楽しむ事も知っていた。

ただ、家に関しては古風なポリシーを持っていた。

上方《うえつがた》*19の奥方は当主が息を引き取ると、直ちに席を滑り降り、次の当主夫人にその座を譲るという。

その誇りをいだくことが品位と自信となって母に光芒を与えていた。

姉にその座を譲り渡した意味は、この時初めて実感となって母の胸に潮の満ち干の悲を悟らせていた。

家の光芒の行く末は完全に姉の両肩に載せられていた。

斐は家を出る気はとうに出来ていた。

だが彼女には土地も財産もなかった。わずかに彼女名義の家屋一軒の貸家はあった。
財産の無い者の置かれた地位、そのものが斐の現状だった。
家の光芒は興廃の古びになりかわっていた。

三　末路　［一九七〇年（昭和四五年）～一九七五年頃　斐四十代後半］

父の代にはスムースにいっていたであろう、ご近所との地代の値上げの話も、戦前の地主様の感覚は消え、ハーちゃんという幼名で呼ばれる程の舐められ方で交渉はもつれ、果ては供託に持ち込まれてしまった。供託された金額が法務局から引き出せるのには猶予期間がいった。その間にも送金と家計は切り詰めてもそれ相応の金銭高はかさむ一方になってきていた。

＊19　註13参照。

家宝とはいえないまでも、祖母の年代物の、実家から嫁入りに持参した愛蔵品や、鎌倉彫の父秘蔵の墨付きの碁器も手放した。

父は高級官吏を退職後、日本棋院の理事を務めるほど囲碁の世界でも一目置かれる存在であった。本宅の二階の書院造りを開け放せば二間続きになる広間で、ほとんど月例で開く碁会の折に、盤面を太刀メモリで罫を引いてある鎌倉彫の碁器を使っていた。

碁石は那智黒[20]の極上だった。

白石はこれも滅多には手に入らぬ、ハマグリ貝の特大の殻を黒石同様の厚さに磨き上げた、凝りに凝った代物だった。

男一人でも持ち運びが容易ではない四面あった碁盤類は、父の要望に応じ、代々の本因坊[21]の内の二人が揮毫《キゴウ》した二面の碁盤類も含め、いつの間にか四面とも消え去っていた。

斐・彼女は手をこまねいて見ていたわけはなかった。

出番を待っていた。姉の面子を壊してはならなかった。自分の起居進退を相談できるブレーンももう斐の周囲には出来つつあった。

時代も変わりつつあった。

しかし、扶養家族という、社会的にも一ランク下に置かれて、何事にも口出し無用の片隅の存在にしかすぎないという現実は変わらなかった。

四　独立　［一九七六年（昭和五一年）頃〜　斐五十代］

元より彼女は独立の費用を請求する気はなかった。

＊20　那智黒石《なちぐろいし》は三重県熊野市神川町で産出される粘板岩の一種。それで作られる囲碁の黒石は高級品として知られる。

＊21　囲碁の家元の称号に由来する囲碁のタイトル。

自分が同志と立ち上げた脳性まひ者の会の会員や友達には生活保護の自立のノウハウを教えていても、自分が実際に体験していない後ろめたさを消す意味合もあった。

姉は一駅隣に自分名義のアパートを持っていた。

切羽詰った状態の姉はその一室の空部屋に、斐が二つ目に関わりを持った会の事務所を置くことと斐の住民票を其処に移すことを、わりとあっさりと許した。

斐はただ一駅歩いて、家と事務所を往復する毎日になっていた。

それでもよかった。

矢央が帰ってくるまでの家を護り後に繋ぎたいとする、姉の悲願の達成への協力だと観念していた。

自分の独立はその後だと思っていた。

それで姉への義理は果たせる。

それが総てに対する決着になると思っていた。

五　宣告

姉は倒れた。脳血栓だった。

総てが落ち着き病院から姉を引き取る段になって矢央は云った。

「私はママと暮らすので今後は別々に暮らしたい」

即座に斐は云った。

「じゃ、おばあちゃんは、私が引き受けるからね」

家を壊すことには斐は、斐なりに納得していた。

若い二十歳そこそこの矢央が此の決断を下すには、よくよくの確信がなければ出来得ない技であり、その裏には留学での経験の裏打ちがあってのことだと斐は受け止めていた。

斐は家にも財産にも、それほど引き摺られる執着も憬れもなかった。

いうなれば現在、肌身にそっているのは、社会感覚を俊敏に表現し得る人群れ達との交流だけだった。

家という存在は姉とは違った角度で斐には重荷だった。

如何に生きるか、そんな希望的観測などは彼女の幼さの内側では、憧れの形でしかなかった。

子供心のままの、時代観念の総ては家イコール親の意思次第だった。斐も姉も人生そういうものだ、そう躾られていた。

或るＣＰの運動家が云った。

障害者は永久に大人ではない存在なんだと。

第三章　父と娘

一九三五年（昭和一〇年）〜　斐　幼少期

一　階段事件

小学校の五・六年生になって、教師のお達しで、電車を二つ乗り継ぐ通学。一人歩きをさせられるほど足・腰も丈夫になりはじめたことからか、単独通学が始まった。母も安堵したのか、或る日彼女は使いに行くようにと命ぜられた。

今まで二人、家内の用向きをこなしていた女中の一人は、主に斐の送り迎えをしていた。斐から手が放せた分、他の用事に廻っていた。

用件は家の前の道路を突っ切り、直線の道の右手にある個人経営の産院まで茶道具の入った包みを届けることだった。町内の近間に住む伯母一家の長女が初産で産気づき、とりあえず入院させたものの急なことで必要な物も持たせる余裕を欠いていた。そこでツーカーで気が利く妹、斐の母への電話一本での依頼だったらしい。後は後で様子見と届け物は自分がするとして、まず落ち着かせる一服を姪にと母は考えたのだろう。

小振りながら一揃いの茶器の道具一式は重く嵩張っていた。持ち重りする重さは毎日の手提げカバンに詰め込む教科書で慣れてきていた。母も彼女もなんの気もなく頼み、頼まれていた。

産院と書かれた一間に近いガラス戸を開けてアッと思った。玄関の幅一杯のピカピカに拭き込まれた木の色艶も鮮やかな大階段が、まるで宝塚歌劇団のレビューやフィナーレのそれのようにそそり立っていた。

玄関の広さと幅は、急患や二階の病室に担架で横水平を保って上ることを想定しての造りなのか、それにしても斐の踏ん張りの弱い足腰には痛かった。靴下を脱ぐか、一瞬、迷った。靴下のまま、日本家屋のピカピカに磨き上げられた階段を上ることは、文字通り彼女には至難の技に近かった。

だがどうにか成るだろう、そういう心の隙もあった。

二階に上る行きはなんとか端の手摺と荷物の重さが支えになって一段一段の踏み込みにも強さをあたえ、どうやら目的の畳敷きの病室の一間に無事に届け、さて帰りかけての階段の上に立ってため息をついた。行きはよいよい、帰りは恐い、だった。見事に二・三段下りかけた処で踵を滑らせた。

後は雪崩れだった。式台に腰掛けた格好になったのを幸いに靴を突っ掛けると、音に驚いて何事ならんと顔だけを突き出して、様子を確かめようとしている人々に無言で一礼し飛び出していた。

二　雪崩《なだ》れ

彼女達CPの歩行可能の障害者達の多くは、よく駅やデパートの階段の踊り場あたりの高さから雪崩れをおこした。

常連の雪崩れの名人の一人は、てっきり大事の怪我をと肝を冷やして見下ろしている友達の視線の中で、ペタンと地面に座ったたまま、上に向かってエヘヘと照れ笑いをしながら、やおらヨッコラショと立ち上ると平気でノコノコと合流してくる。

こういう出来事はすでに歩き廻れる彼女達の間では常識化されてきていて、さして気にする問題でもなくなっていた。

彼女の場合もその伝で、痛みも傷一つもなし、親にいうほどの事でもないと思っていた。母も別段使いの模様も、その後も、彼女の失策には触れてこなかった。

三　閃《ひらめ》き

従姉妹の初産は男の子だった。男子を欲しかった斐の父親は、次の日曜日に機嫌よく祝いを述べに伯母の家に出掛けていった。

小一時間たった頃合、玄関で自分を呼ぶ声がした。玄関には一つ違いの従兄弟と一緒の父が立っていた。

あら、いらっしゃい。そう云い終わるのを待たず、玄関の沓脱ぎに立ちはだかったまま父は、

「病院の階段を転げ落ちたそうだな。みっともない」

と吐き捨てるように口早に怒鳴った。

穏やかでもったり型で口重と親族中で定評のある叔父の豹変に、傍らに並んで立っていた従兄弟はアッケに取られたように、なかば口を半開きにして、横の斐の父・叔父の顔を見上げると、その目をなんとも気の毒そうに斐に向けかえてき

た。

その目を受け止めた瞬間に、あッ父は気の毒なんだ、哀れなんだ。という閃きが咄嗟に脳裏を走った。

悟りは鮮明だった。

親子とは、子供にとって自然発生的に其処に在るものだった。斐にとっては。父は受け容れるもなにもない、ただ恐さだけの理不尽な存在でしかなかった。

それが意識ある物体に変わっていた。

親を哀れと思い、気の毒と思う、一足飛びの悟りの感情の伸びは、親を蔑視軽視する方向には走ってはいなかった。

何故だろう。今も、斐は自分を不思議と思う。

しかし父は依然脅威の薄れはあるものの、気ぶっせな[*22]避けたい存在には違いなかった。

母方の、その伯母一家は子沢山だった。初産の娘の外に五人の揃いも揃って遜色のない自慢の息子群全員が並んで団欒が始められた席上で、きっと人の善い伯母は婓に使いをさせた申しわけなさを、くどくどと詫び、述べたのだろう。

伯母には悪意はなかった。ただただ婓の体の不自由さを案じてのことに気持は集中していた。

父はただでさえ都会育ちのダンディさを任じている、此の義姉の夫には婿群の中の一人として日頃より引け目を感じていた。面目も面子もないアキレスケンの恥の上塗りの感情の怒りを、もろに婓に向けていた。

四　トラウマ

父は婓を愛していないわけではなかった。若い時の婓への接し方はその頃の障害児の親が抱いていた観念と大同小異だった。

＊22　きぶっせい、きぶっせ。東京の方言。気が詰まる感じ等の意味。

頭脳的にはまあまあ齢に見合った水準にあることは認めてはいた。立派に東洋にただ一つと誇る、東京市立の肢体不自由児校に通学させ、朝は手が足りなければ通勤の道順を変えてまでも、斐の降りる市電の停留所に生徒の送り迎えに出張っている教師に託すこともしていた。

斐が物に突っかかって転んだり、茶碗や汁物の椀を取り落とすのは、そそっかしさのためと頭から決めてかかっていた。

それがCP（リットル氏病）という病名が世に出た初期の知識の浅さだった。[*23]

医者も「大人になれば、なんとか人並みになるでしょう」と言葉を濁し、気休め程度のことしか云わなかった。

朝ごとに斐は味噌汁の椀をひっくり返し茶碗を取り落とした。そのたびに聞かなければならなかった言葉、

「気いつけないからだッ、みっともない」。

父は普段方言は使わなかった。

ただ斐が失態をしでかしたときだけは、思わずこの言葉使いと顔付きが感情の爆発となって斐に降り注いだ。

「い」とか「を」、その発音の仕方一つでこうも人は顔付きまでも変わるものだろうか！　と物心つく前の感性の敏感さの前には、その顔と言葉つきは、ただ、ただ、震え上がる恐さがあるだけだった。

この最初に植え付けられたトラウマは汁物の味覚と人と真面《まとも》に向き合うことの恐怖感を彼女に残しただけだった。

＊23　CP／脳性まひは、生後四週頃までに受けた脳の損傷によって引き起こされる運動機能の障害である。

五　人並み

父は人並みという言葉に拘わって斐を躾ようとしていた。

人並みという医者の言葉は、半ばは親に対しての、心のショックを和らげる程度の気休めを含んだものと解釈すべきものだった。

それを父は父らしく解釈した。父は確かに立身出世・実直型の人物だった。若いのに自分一代で親の放埒で離散した家を興し、母と妹に屋敷と田畑を買い与え、東京の中央官庁勤めは研修留学・海洋調査・海外出張と、ほぼ自分の意に適う思い通りの確率の高い人生を歩んでいた。

ただ一つ、願いが叶わないのは子宝だった。

二人男の子をもうけながら、乳飲み子の時期に亡くしていた。しかも一人は、自分が派遣留学中の出来事だった。家には、よくよく縁がなかった。

幸い三人目は女の子でも活発な野育ちを想わせるヤンチャな子供らしい、自分の好みにあった育ち方はし始めていた。
次に現れたのが斐だった。
なんとも得体の知れない、どう受け取っていいか解からない子の出現に、父は
鵜呑みのままの医者の言葉にこういう解釈を成り立たせた。
上の娘と頭脳の点ではそう見劣りはみられない。後は起居動作にさえ気を付け
さえすれば「人並み」には育つ。
それがそうはいかなく成る兆候が次第に現れてきた。
幼児期には口の廻らなさも、ヨチヨチ歩きもご愛嬌とも受け取ってもらえた。
しかし成長期の手足の伸びが、父の思惑のネックになってきていた。
CP特有の不随意運動が目立ちはじめた。自分の意思とは反対に、あらぬ方向
に大幅に動いていってしまう手足。それを制御しようとすれば、尚更クネクネと
奇妙な動作に発展させて衆目を集めてしまう斐。
この階段事件があった頃から、父は娘たちの事は妻に任せきり、この種の人並

みと考えるような躾を放棄し、自分の目に余る失態もジロリと睨む程度に抑えるようになってきた。

それでも斐は父・人の目を真面目に受けとめる勇気は無くしていた。

父の諦めは総てを長女に託すという見識の末を垣間みせていた。そしてそれが、既にみえている縦社会の流れの末を見誤らせる結果を招いていた。

家の囲いを信じる親の情も、矢央の宣告の元の家の囲いを破る意図も、共に家を通しての見解の相違と判じている斐も又、この二つの見解の相違とも違う、弊を犯す狭間に身を置かざるを得なかった。

第四章　凡庸の

〜一九八五年（昭和六〇年）〜　斐　五十九歳〜

一　自分の性《さが》

蛇腹のウィンドー・シャッターの間から淡い藍色の斜光が室内を染めていた。

多分あれは、どこかの塔頭《たっちゅう》を抱えた寺院の脇寺か末寺なのだろうかと、風雨にさらされて、まばらに朽ち枯れた卒塔婆を背にした墓石や石塔を見下ろしたことを、斐は思い出していた。

午前中の新幹線で、此の奈良のホテルで式を挙げるCPのカップルの共通の友人である豪と二人。

披露宴に出席した後の、気のおけない友人達で繰り広げられる二次会を彼女はキャンセルさせてもらい、一人眠りの中にはいっていた。

二人部屋のシングルベッドの窓際に位置して、いつ帰ってきたのか、手に酔い醒ましのコップを握った豪のシルエットが息づいていた。

いつ帰ってきたの、寝られないの、ゆっくり起き上り、そう声を掛けるのは容易かった。しかし、斐はそれをしなかった。彼女は豪の酔いの弱さを知っていた。

少年は青年期に成長する一時期、無垢な少女にもみられぬ、美しさに映える時期がある。

ボーヴォワール、サルトルの実存主義、アン・ガージュマン、*24 第二の性。*25 女は造られたものである。

巷には、順次、男と女の並列の営みが普遍なものとして享受されてきていた。

今現実の彼女は自由だった。何事にも束縛されるものはなかった。

しかし彼女は藍色の月の光りの落ちる室内の水底に身を潜めていた。自分を制御するものが何であるか、最早、彼女は知り尽くしていた。

それを彼女は自分の性《さが》だと思い定めていた。

酔いは顕わに豪の男の逞しさを匂い立たせていた。

肉体労働を交え、朝昼晩のアルバイトの明けの日には、図書館と専門塾に通うスケジュールの毎日。

いやがうえにも男の逞しさは加わってきていた。

たまさかの休みやブラブラしたい日、彼は斐との二人三脚で折り畳み式の歩行器を足にして、彼女の見たい芝居や自分の興味のある映画に付き合いあう。その

＊24 「engagement」フランスの実存主義者J＝P・サルトルの用語。人間は自ら造るもの以外の何ものでもない。主体的参加等の意味。

＊25 『第二《だいに》の性《せい》』（仏語：Le Deuxième Sexe・一九四九年刊）。フランスの実存主義者シモーヌ・ド・ボーヴォワールの著作。

流れの内で、遅い外食のテーブルに向かい合う時でも、めったに豪は酒がほしいとは自分からは云い出さなかった。

将来、法を司る仕事を目指しているだけに年齢と節度の心掛けもさり気無く表われたりしていた。

考えてみれば少年期から青年期、その一番美しく澄み切った純な目と感性に映える時期に、斐は彼を独り占めしていた。

彼との年齢の差は三回りは違っていた。しかし世間知らずの度合はおっつかっつ[*26]の領域にあり、これからの若者達が解くべき問題社会への挑みの共通項も其処にあった。

共に同じ標的への絞りがあるということが、頼もしくも、好ましい事でもあり、又、かつて学生達の理想の内にもあった未来へのビジョンの、それぞれの理想社会を担おうとする夢の創造に対しても、彼女に取っての豪は、二重にも、三重にも掛け替えのない、その一翼を担ってもらえる、象徴のようにも受け取れていた。

二　カリカチュア

斐は豪を大切にしたいと想っていた。

豪も又、斐の母の前で口にした、一言は護ろうとしていた。

それを原点として考えているのか、そういう性状の一徹さにかこつけて、次第に満ちてくる彼の視標を追う目の、充実の域に達してくるのに、斐は自分がどう向き合い、どうかかわりを保ってゆくつもりなのかと自問していた。

只々日常の煩雑さを口実にして日を送る己れのズルさは、この辺でスッパリとケリを付けなければ、次の時代の扉を開くことが出来なくなる時が来ていることを悟っていた。

ここ近代建築の何層かの窓の重なりが、およそ不似合にミニチュア化して見え

＊26　乙か甲かほとんど優劣が付けられない様。どっこいどっこい。

てくる古刹《こさつ》とも、結界とも受け取れる新旧の対比を、まるで自身のカリカチュア*27視を突付けられたように、豪の深い寝静まりの内に今更ながら巡らされていた。

第五章　男の論理体系

一九六九年（昭和四四年）～　斐　四十代

一　重度障害者としての自我の目覚め

斐は遅蒔きながら、生きるという命の意義と自我を無形ながら学んでいた。

それは過去において可笑しいと想われる程彼女は、生きるという事の意義を考えることを避け続けていたからにほかならない。

そういう疑問に気が向きはじめたのは集団組織に揉まれ、己の認識の低さと安易な溺れを知ってからだった。

＊27　人の性格や特徴をデフォルメした戯画。

現実、斐にかぎらず第二次大戦に捲き込まれ、又は産まれこさせられてしまった重度障害者の前半生は、大なり小なり、親の過去の意向の陰で、その生存さえも怪しく左右させられていた。

斐はそういう世相の内で触発され過ぎてきている自分の去就に惑っていた。

十年一昔、時代は確かに変わってきていた。自由・平等・個の権利、何をどう受け取ろうと勝手きままな世間。

進駐軍の直属のアメリカン・ナイズの民衆改革が出現させられて来て、文句なくそれを受け入れてしまえるのは、混乱に未成熟の内に解き放された、法も秩序も脇に置ける若者達の正義と、個人の利を徹底的に痛めつけられた庶民層の欝積《うっせき》には、このエアーポケットが、格好の付和雷同のフレーズになっていたからだ。

だが斐の真情の内にはいつの頃からか、此の字面《ジヅラ》や口先だけの個人重視の正当性の氾濫には、何故か、付いてゆけぬ違和感を覚えるようになっていた。

折しも政権の軟弱をぬって安保闘争、学生運動の一連のうねりが活発化してきていた。いわゆる団塊の世代の勃興期に入っていた。

そのうねりのまっただ中で重度障害者は、それに呼応するように、民衆には異質と思えるテーゼを掲げ、敢然として、その自分達の生きる命の狼煙を高く掲げはじめた。

二　欠如

斐にとっても、それは快挙に違いはなかった。しかも、それは足下の生存の急務から興ったものだった。

しかし何故か彼女が考える何かが、自分の身を投じるべき何物かが欠如していた。

水俣病に関わる知識の持ち主が彼女に云った。

「水俣病には訴える相手がある。

だが俺達にはそれが、何処にあるんだ」

その通りだった。斐達の世代はそれとの戦いの日々だった。

個の権利。扶養家族のしきたりの根強い前世代と、自由、なにごとも平面・並列が平等と捉え、自分本意に手前勝手に処理したがる兄弟・姉妹達との生存の軋轢の狭間の中で、もし障害者が独立を求望し、念願としたら。

これは、当然のことながら、現存の規律、自立も独立も現存の社会機構に準じ、その一員に成りきることに尽きていた。

その社会形成の原理は、戦中・敗戦直後はもちろん、その後も既成のイデオロギーの規範の範疇に留まっていた。

立脚点は、労働者として活躍できるかであった。

必然的に「労働可能」と自他ともに認める軽度障害者だけが、自分にも労働が出来る条件をと、思いを込めた論旨を興して、運動のテーゼとしていった。

すなわち、障害者自らが働いて稼いで生活を確保できる社会を目指し、それが出来ない障害者の場合は、資産のある親に生活を依存させ、命だけを保持することを自立と感じさせての満足とする、せいぜい、重度障害者の存在は政府の施策の中ではその程度の扱いだった。

三　和尚登場

その国政のお寒さに惑うCPと向い合い、自力での立ち上がりを促した、救世主が現れてきていた。

既存の社会の規範を捨て去り、脳性まひ者だけが集まって山奥を開拓し、脳性まひ者だけの信条で共同生活体《コミューン》を創るという構想を打ち出した「和尚」だった。

たちまちにしてそれは一地域においては仲間を呼び覚ました。

「居直りの徒」と非難され、会の内外で賛否両論を巻き起こした。

旧弊の中で育ち、戦前・戦中、両者の隔てさえ論じ切れずにいて、理屈にもならず、感情だけから行動する群衆の一人に過ぎない斐には、この「快挙」のすべてが自分の既存の知識外の課題になっていた。

行動原理の論旨も概要も解明されず、方向性が確認されたものでもない、いわばクーデター式の決起だった。

既存の社会論理の延長線上では生存が許されないという脳性まひ者たちの五里霧中の内にポッカリと開いた、止むにやまれぬ立ち上りだった。

情熱と世論の潮目と沸騰の満干だけが、彼等にとっての真情の味方だった。

そのお粗末さを知りながら、敢えてその一線を踏み切らせた着目者として和尚は現実に彼等の先達の座に収まっていた。

和尚の意図は、一つだけだった。

其処に在る、彼等を囲む、その旧弊な箍《タガ》を外させる事だった。

そこを突破させ得ないかぎり、CP・重度障害者は、この世での存在意義を永遠に感受し得まい。

未来永劫、業の怒と憎しみの狭間でのせめぎ合いのターゲットとされるだけで終わる身だろう。

そのために和尚は一体何を意図して、しかも仏道の一宗派に鑑みた法を説き聞かせ、開眼を促してまで、重度障害者の事実上のアキレス腱を真正面から切らせ、社会に打ちつけさせたのか。

彼らに己れ等の生きる意義を腹の底から悟らせるきっかけを作ることだけが、荒法師の腹の底の真意だったのだろうか。

和尚の運動の意図を理解しつつ、日々の命の危機感を共有しながら運動の滑り出しは順調だった。

しかしそれが、支援に入った若者達とCP者の自覚と自信を植えつけただけに留まらず、多方面の社会欝積に火を点けたような塩梅になってきていた。

此処にきて、和尚の意図以上に、世相の価値観の混迷の内で、この運動の形態とエネルギーは、若手ジャーナリストや学生の思想系統を予想を越えて惹きつけた。

テーゼを掲げた支部員達は俄然世論の寵児となって衆目の的になっていった。

とりわけ、和尚が直弟子と思い定め、じっくりと事あるごとにその場その場の実地に添って本義の覚りの境地を注入する前に、支部体制にも、思わぬ造反の分離・分散の陰りが忍び寄りはじめてきていた。

四　閃《ひらめ》き

斐がそういう世相の慌ただしさの内で、母の身辺介護からすこし自由になれたある日、茨城の一山の寺を預かる僧侶であり、彼等重度障害者の能力を掘り興した和尚から斐への呼び出しが掛ってきた。

ドキュメンタリー映画を撮るからエキストラに来ないかという誘いだった。

彼女は和尚が持つその思想には興味をもって魅かれていた。

彼女はテーゼを唱えている支部とはある程度の親密さは保てていた。

だが彼女は和尚には必要以上には近づかなかった。

逢えばいつも、のらりくらりと、お互いにはぐらかしのジャブの応酬に終わらせていた。

納得のゆくまでの論戦は、言葉を操れず乱読の知識しか持ち合わせていない斐には、和尚の鍛え上げた弁論と博識の論鋒の強烈さに歯が立つはずもないことはしれていた。

ここまで魅かれていてさえも、彼女自身、自分自身の内にある納得のゆかない、意味さえ摑めていない事が、和尚に逢う踏ん切りの悪さに繋がる躊躇になっていた。

だが、結局は負けた形で「行く」と返事をかえした。

和尚の指定した場所は、斐の家から国鉄で一駅の近さ、多摩川を越えた処に会員の住宅はあった。

狭く、横にならなければ通れない程の履物と撮影器具のカバーやコードが、上がり框から居間の内まで、所狭しと散乱していた。

急かされるままに、もうかなり高揚してしまっているスポット内の主張者の一人が滔々《とうとう》と自分達支部が掲げたテーゼに従って、解説めいた言葉を喋りあげている真向かいの座に斐は入り込まされた。

「俺達は健常者には要らない、邪魔っけな、在ってはならないもの、不合理な、やっかいな物、屑《くず》と位置付けされて、俺達は殺されてんだ」

重度者の命の主張の危機感は、障害児殺しのピークの社会現象*28に差し掛かる内で価値観の変転を余す処なく示していた。

だが斐の宗教観における知識の幅はわずかにだった。

和尚の説法の勘所、
悪＝怒り

怨=居直り
彼等支部の主張はこの辺の概要ぐらいしか斐の頭には入っていなかった。

それでも彼女は口走っていた。

「じゃ、愛、愛は、なんなの」

一瞬、主張者の口に間ができた。

「愛は、悲しみだよ」

間髪を入れぬ素早さで応えが降ってきた。

斜めに振り向いた先に、中腰にカメラを肩に据えたカメラマンの横で監督然と全体を見回していた上半身抜きんでた和尚の体躯が、彼女の視線を押さえ込むように、「速やすぎたかね」と、不敵な笑いをニヤリと送ってきた。

＊28　一九七〇年（昭和四五年）神奈川県横浜市で脳性まひの二歳の子どもが将来を悲観した母親に殺される事件があり、母親に同情する減刑嘆願運動が起きた。それに対して脳性まひ者団体から、殺された脳性まひ者の側から、私たちは殺されて当然の存在なのかとの抗議行動が展開され、社会問題となった。

あッ、そうか、此処、これだったんだ。

男の論理体系。

脳裏への脈絡を超えた閃きが、不敵な自信の歯のこぼれと威圧に変わる寸前に、とっさに彼女はくるりと顔を元に戻していた。

男の論理体系。

鮮明な閃きが、判らないながら、彼女の内にどっしりとした充足感を浮かび上らせていた。

長い間の惑いは、一方的な未知なるものに捕えられ、引きまわされる恐れからは、明らかに解き放たれていた。

五　思いやり

和尚の行為に卒論のテーマを見た学生が、ノート片手にわざわざ茨城の寺まで逢いに行った。

帰ってきて斐に云った。

「よく解かんないの、実験だとか云ってた」

「でも会のテーゼを読まれた先生は、これは間違いなく親鸞のものだ。と、断言なさってたわ」と付け加えた。

たしかに宗教の思想の中でも親鸞と日蓮は、日本の仏教の近代化の「葬式仏教」の常識化の蔓延の内では、特異な道を選び、歩み説き、戦う、硬派の僧としての名は高い。

個々の人の救いを念願とする教えには慈悲・慈愛は不可欠な要素のはずだった。しかし学生が聞いた「実験」とだけ禅問答《ぜんもんどう》風に質問をそらして煙に巻いてしまった和尚の思惑。

そして斐に対しても「愛は悲しみ」とだけニべもなく切り捨てた言葉のニュアンスの裏を重ね合わせれば、そこには透けてみえるものがあった。

和尚が直弟子に施したものは「覚り」の一語だった。

それを真の昇華悟りの境地、本願の域に達せられるものは己《おのれ》。

和尚自身が説き、教える領域にはない。

ただただ己、自らの力量次第による。と、ここで見事に切り裂いていた。

和尚の仏法への徹し方は怜悧に冴えていた。

敗戦の業の生贄をなおも欲している。

この穢土《えど》*29の真っ只中で衆生得度*30を願わせるなら、仏を護る眷族の戦いを司る阿修羅*31を想起させる事も、荒ぶる仏者にとっては真の満干に浸らせ至る、道程の一つに繋がるものなのだろう。

だが阿修羅は永劫、戦う宿業を付与されている。


キリストの教えは愛＝悲・哀を信仰の主題に取り、いわゆる仏法でいう処の「業《ごう》」を、原罪＝人のあらゆる悪魔的行為を、罪の象徴として排疎の地位に置く。

それに比して、東洋圏の思想・信仰・伝承の多くには、業＝悪はかえって力強さの象徴・弱者の敬い、弱者の体制への批判・反撃者の味方として、多くは神としての賛美をもって遇されている。

和尚の教義は、激烈さの賛美だけを男に課していた。

翻って、東アジア圏に存在する儒教の理念は、仁義の二文字に尽きるとする。徳川三百年の武家政治に育まれ続けたその理想の理念は、巷に下りて、仁俠《にんきょう》*32の徒の掟の、俗に落ちた解釈を広く分布させたとしても、それはそれとして、それだけ深く人が求める真理の根源が其処にあるということだろう。

古来、百済（朝鮮半島）を経て中国から渡来した儒教の、法治国家における理

＊29　仏教用語。けがれた土地。迷いから抜けられない衆生《しゅじょう》の住む現世。娑婆《しゃば》。
＊30　衆生：生きとし生けるもの。得度：出家すること、悟りの世界に渡ること。
＊31　仏教の守護神の一つ。戦闘神のイメージがあるが諸説あり。
＊32　仁義を重んじ、困っている人を放っておけず、助ける自己犠牲的精神を意味するが、一般にはヤクザの世界の掟の意味。

想を求めるための純粋な「仁義」の輸入は、当然、本義の仁義の二字を揺るがぬ真理とし、保つ事を念願として据えられたものであろう。

仁は、情＝心、思いやりを旨とし、
義は、公＝秩序、法・社会全体を司ろうとする者の常の心得であり、
共に愛を根底に置き、表裏一体を表す。
斐は歯を噛んでいた。学識の浅さを今更喞《かこ》ちたくはなかった。だが自分が人に押され開眼を余儀なくされ、今更ほっつき歩き始めても、理解のつく、解決に近づける方策も、回路も見当たらなかった。

第六章　「ただ今ー」

一九八五年（昭和六〇年）〜　斐　五十九歳

一　母の思い

「ただ今ー」

部屋のほの暗さを覗くように豪の顔がドアの向こうに浮かんだ。「あぁ、矢央さん来てたんだー」と一人合点の頷きの目をすると、無造作にテーブルに歩みよりながら勝手に老舗のケーキの包みをほどきはじめた。

舌の奢った矢央が節季には、ふらりと現れ、珍しいブランド物の差し入れがあることは、母と息子の親子暮らしとも、ボランティア兼の介護人とも付かぬ生活を繰り広げ始めている豪には、ツーといえばカーの出来事になっていた。

「ワー、美味しそう、貰ってもいい？　じゃ、これと、これだ」

そう云い終わる前に、彼はもう片手を皿にして、たっぷりの生クリームと果物類でデコレートされた特大の一つをその手の上に載せ、残る片手の指先とテーブルの角を上手に使って、両手一杯に獲得したその二つのケーキを捧げ持つ格好になると、満足そうな想いっきりの茶目ッ気さをまじえた表情を斐におくりながら、これも肩と後ろ足の踵で器用に半開きになっているドアをパタンと閉めるついでのように、今日は早く帰れたから、夕飯は僕が作るからね、と云いおいて消えていった。

バタンと閉まったドアからの風圧がふわーっと彼女の身を包んだ。何も云わなかった。

何も聞かなかった。そして、それが、斐の自立だった。

斐は不思議と学生達に育てられているという感覚の内で暮らしはじめていた。

即答で引き受けた母の身柄は、彼女の介護の手に余る状態に落ちてしまい、施設暮らしを考える時期を迎え、通りすぎていった。

母に老人施設の道を選んで貰うことは彼女には難しすぎた。母の観念の内には家というテリトリーから離れる意思がうまれる余地はなかった。

それ以前の暮らし方、いわゆる旧き良き時代の家と格式の縦社会に浸りきった意識しか想い浮べられない歳に入っていた。

母は、常々、日常的に斐に云うようになっていた。「お前は私と一緒に居れば、お父さんの恩給がおりるからね。心配はしないでいいんだよ」と。

母の心は判っていた。

金だけが問題の中味ではなかった。

只々、斐は自分が居なければ路頭に迷う、そう思い込むことの、その一点だけに、親である立場と自分の責任と品位を引き当てて、自分自身の残る気力と命の衰えとのバランスを保とうとしていることは判りすぎていた。

しかし、それは、あまりにも、ストレートに削ぎ落とされた、マダラ模様の老の想いの表れ方になりすぎていた。

そして母の想いの丈のその領域では、一種一級の障害*33を持つ斐の身は、影と偏らされてしまい、思いのままの幻想の内で二転・三転させられてしまっていた。

健常か異形《いぎょう》か、それが愛につけ、情けに引き摺られるにせよ、障害者を含む親と家族との人間のたつき*34の内では、計り知れない業の縮図を展開させてしまうものになっていた。

だが母の心とは裏腹に、施設への入所には母当人の受諾の意志は欠かせぬ事項になっていた。

それ由、斐が単独に印を押すことは迷いと躊躇の纏《まと》い付きがあった。

斐は自分の身丈に余る抱え込みの前で立ち尽くしていた。

二　母の入所

人間の多くはマダラな浮遊体に左右されながら命を紡ぐ。

斐は考える前に行動の急務にせめられていた。

母は居間のベッドから落ちて緊急入院を余儀なくされ、それを機に施設入所を役所が取り計らってくれる処までに豪が漕ぎ着けてくれた。

いざ入所の域に達した日、豪はベッドの両側から手を握っている斐を差し置いて、遠くなっている母の耳に口を寄せると、

「お婆ァちゃん、僕が斐さんのことは引き受けたからね。心配しないでいいから

＊33　一種一級。身体障害者福祉法の身体障害者手帳の等級一級は最重度の身体障害。一種は、手帳に表示されている「身体障害者割引規則」に基づく鉄道利用の際の割引等の種別。一種は本人と介護者が共に運賃が半額になるのが原則。
＊34　「生業」なりわい。生計。

ね」といった。

母はだれが自分にその言葉を云っているのか、さだかには判ってはいない様子ながら、なかば安らぎの面持ちになって二度程「うん、うん」とうなずくと、寝台車に揺られる不安定さからも逃れたように、目にみえて穏やかな表情になっていった。

豪の大学でのサークル活動の一環の内で随時得た、障害者、各々の障害者を囲む家庭の実情や当人の悩みなどを、斐もそれなりの知り方はしていた。

しかし、母へのこの言葉を斐の前で吐く事の重大さを、彼自身、自分の腹に据えてのことなのであろうか。

勿論、彼が彼女の前に現れた過程は、周囲から、又問わず語りの彼の言葉の端で聞き知ってはいた。

だが今の彼女は、ある意味で目をつぶってお座なりに生きようとしていた。

逃げ路はあった。母から眼を離せないという理屈だった。

そういう中で、まだ彼女の所属する会は背光を発しながら、尚も炎群《ほむら》をあげ続けていた。

当然のことながら彼女はその集団を立上げた内の一人であり、そこでなければ自分の存在の価値もないことは知れていた。

豪も元々その斐の名に興味をそそられて、車イスの全面介助のＣＰの青年に付き添ってあらわれたのが付き合いの始まりになっていた。

豪に斐は家内の事は通り一遍の語り方しかしていなかった。

彼の本意はどこにあるのだろうか。ひとつ屋根の下に住めば、いやでも自然、内情や心の揺れ動きを見透かせる距離に豪の意識はあった。

斐の思考が過去の呪縛に取り巻かれていることの滞りの底も。お互いに知れてきていた。

その内から彼は斐の中にか、自分自身の中にか、何を認めての一言だったのだろうか。

今の彼女には、それは若さが言わせる生一本さと純情さが、一気に言わせたものと軽く受けとめる方を無意識的に選ぼうとしていた。

三　墓穴

母を郊外と山の手の雰囲気のわずかに残る佇まいの老人ホームに無事送り届けて、一日を終わらせようとした時には、もう日暮れになっていた。

都内とはいえ、そこから繁華街に出るには車の便が一番だった。次々と移り変わるネオンの波が流れ出すまでにかなりの時間を、タクシーの中での二人は押し黙っていた。

彼女はその沈黙の内で、一人自分が求めていた自立とは、一体何だったのだろうかと、ボンヤリと疲れた頭の中で捉え処もなく思い浮かべていた。

ある大学ボランティアサークルのチーフの青年の一人が、寂れた過疎地域の炭坑町の知的障害者施設に赴任してゆく送別会の帰り、遇々JRの同じターミナル駅での、その主賓との最後のエスコートの別れ際に、彼女は冗談雑じりの笑いを含ませて「あなた、私達を置いて行っちゃうのね」と云った。

意外にも相手はその彼女の軽口の言葉を待っていたように、スッと踵に力を入れる立ち止まり方をすると、横の彼女の額のあたりに目がゆく首の動かし方をして、こう言葉を返してきた。

「斐さん。斐さんは、斐さんらしい人生の送り方をするんだ。ほかの人と同じじゃ、駄目だ」

そう云い切ると、じゃーね、という仕種を残して、自分の乗るホームへの階段を振り返らずに上っていった。

振り返らずにゆくその脊《せ》の自信が階段の最後のステップから消えさるまで、彼女はその場に立っていた。

傍らに人がいたら、きっと陳腐な別れ言葉と笑うだろう。

しかし、彼女はその言葉を莞爾《かんじ》[*35]として受けていた。

相手のその青年は、まだその頃では珍しい大学院の課程も哲学科を選び、末は教授か博士[*36]をとの噂を背負った人物だった。

振り返らずに行くその脊は斐に受け取らせるものを確かに受け取らせたという自負なのか。

此の青年がなぜ自分を選んでわざわざそう言ったのか、自分もなぜそれを受け取ったのか、今の斐には判らなくなっていた。

彼らは禅問答のように彼女に鍵だけの接続詞を投げては次々と入れ替わって行った。

彼女は完全に独りになっていた。全てを母の看護に逃げる口実はなくなっていた。

斐はタクシーの斜め前の助手席に座った豪に、息抜きを求めるようにつぶやいてみた。

「あなた、穴掘っちゃったわね」

彼はそれには応えず、ゆっくりと前方のネオンの移り変わりを目で追いながら、

「今夜なに食べる〜」と、つぶやき返してきた。

頬に投映させているネオンの光りの輝きは、もはや彼女を一戦に遮二無二抱き込むメタリックな誘いにはならぬ淡いパステル調の落ち着きを醸しだしてきていた。

＊35　にっこりと笑う様子。
＊36　現在は私立の大学院も多く博士号取得者も多いが、戦前は博士学位授与機関が帝国大学大学院のみに限られており、「末は博士か大臣か」と謳われるほど希少で敬意を受ける称号だった。

斐は豪の内側にある未知数の知力の混在の方向に引かれていた。自分の人生、ただ無為に生きたいとは想っていなかった。

俄《にわ》かの錘《おも》りからの解放は彼女に焦りを与えていた。

何をどう求め、どう解明し、そのカオスをどの様に摑みあげ、活かす体系に整えられるか、又は、単なる人間の性・業として低迷し続ける？

焦りと解放と孤独の綯い交ぜの感情は、共に見詰め合っている現実の視野からの惑いは、豪にもあるはずだった。

彼女は深くシートの脊に体をまかせた。

当分は彼の感性と自分の感性の在り処を得るべき歩みになるだろう。

自分よりは彼の一日の疲れを想う歳嵩のゆとりを斐は取り戻し始めていた。

第七章　バベルの塔

一　無邪気　［二〇〇四年（平成一六年）　斐七十八歳］

トッコ、トコトコッと、二階の育児サークルから邪気のない足音が降ってきていた。

歳をとるに従って斐の身を幸運が包みはじめていた。

斐は自分を隠して生きている訳ではなかった。違う相手それぞれが、勝手に彼女を自分のイメージに合せた受け取り方で付き合ってきていた。

彼女はそれを否定も肯定もしなかった。

自分の外形をどう見るか、概ねは、似たり寄ったりの大同小異の線を辿っていたし、かえってそれが相手の人となりが透けてみえるメリットであることも知らされていた。

二 弾け ［一九九三年（平成五年） 斐六十七歳］

「アッ僕だ」

彼は、暫く問いのない目で中空をみつめたまま突然に子供っぽい声を挙げると、バネ仕掛けのブリキの兵隊のように、すくっと立ち上がり、その姿勢を崩さずにドアを抜けて出ていった。

依然目は中空に据えられたままだった。

玄関の閉まる音がした。

彼女は彼の純性な聡さを好いていた。それが無くなれば何もかもおしまいになる。

彼女の投げた一言は、確かに、彼の眉間に当たっていた。

斐は狡くて、贅沢だった。

特に人に対しては。

若さの薄れるにつれて、斐は限界を感じていた。

自分からはめったに動くことはしなくなっていた。

だが、豪の場合には違っていた。

完璧に、彼は、斐の求めていた物を具えていた。

それはかつて彼女が得られなかったもの、学識と知識の方向性と一本気の情熱の諸々だった。

それらはまだ未知数の部位をも秘めていた。

そして、それらが、今消え去ろうとしていた。

綿密に云えば、その素材におとぎ話めいた価値を、斐は自分なりに豪の上に押し被せてしまっていた。

それは児戯に近い理想主義と歳かさの果たせぬ、夢の架け橋への憧れなのか、それとも、親が我が子に託したいとする理想の一種なのか、識別を避けたい思いのままに、彼女はただずるずると自分独自の人間観の営み方を漫然と豪との親子暮らしに持ち込んでいた。

だが今回の豹変だけは、予期しない、まるで疾風に炙られているような表情をみせていた。

豪のここ十日程の箍《たが》の弾け方は、度を超していた。

司法試験合格者として、公の官報紙に姓名が記載されるまでの、七年間の学業に賭けた彼の逐一、情熱と労働との労苦。

ビルの窓拭きから始まって、焼肉店のウェーターの、閉店後の鉄板にコビリ付いた肉片の焦げ滓を剝がす重労働に劣らぬノルマを終えて、終電か、深夜の都心からの国道をバイクで突っ走って帰って来、暇があればアルバイト情報誌で次々と、効率のよい処を探し探ししていた姿を斐は忘れたわけではなかった。

しかし、それらは彼の将来には、かかせぬ財産になると見、又自分も、彼に時代性を悟らせる肥しになる気でいた。

其処に彼女も又、自分の活き方をも見いだそうとしていた。

斐の目に映っていた理想は、此処で、見事に砕けを意識させていた。

三　若さ

〔一九九三年（平成五年）　斐六十七歳〕
〔回想　一九八五年（昭和六〇年）　斐五十九歳〕

負の砕けの意識、それは斐の知覚が許さなかった。

彼女は、ただ一つ、引けない物、存在物に憑かれてしまっていた。

その存在物は、彼女自身の意志を、そこでは意地に半ば染め替えさせていた。それが意志なのか、自分の過去からの細々と培ってきた論旨にも満たぬ負の理屈への未練なのか。

ともかく、豪の態度のその辺の変容の意味をまず自分の瞳に移して斐は解きたかった。

もしこれが、他のボランティアの学生群のように、いっときの交流の後、違うエリアの人生設計を選び、去ってゆく別れなら、それはそれなりに街角での軽い別れで済まされた。

だが、それは豪の人生の選び方ではなかったはずだった。

豪が、彼女の家に間借りを決め、学生暮らしから、すっぱりとアルバイト一本槍の生活に切替え、しばらくして家内の空気がなんとなく読めてきた頃合い、彼はポツンと云った。

「斐さんが会に掛ける気持ちわかったよ」

人の性情にはさまざまな表情と感応の角度と、その都度の止め難い感情の起伏がある。

ましてや、この頃豪は結婚相手を見つけていた。司法試験と結婚、生《ナマ》な若さの初一念さが人生の社会関門の内の二つまでをも、同時に突破でき得た、その駿馬の猛りと自信の高揚感の表し方には、どう贔屓目に捉えてみても、あまりにも日頃の気性に似合わず唐突さに過ぎていた。

あの法の理を踏まえる力を、まず、自分の内に蓄積し、ライセンスを取得し、その上で、事に応じようとする慎重さは、今はどこにもその基の法規の冴《さえ》も吹ッ飛ばさせてしまい、ただただもう無邪気さだけを全面に押し出し、夜昼なく電話を一人占めし、掛けまくり、しかも一本しかないその電話器は、彼と共に、いつの間にか二階に引っ越すという暴発的有頂天さには、言葉を挟む余地もない舞い上がり方に発展していた。

無邪気な有頂天さも、誇らかな舞い上りの悦びも、長年身内のように暮らし合っていれば、少しぐらいの逸脱は彼女にも理解できたし、許しもできた。しかし彼の目指した大義は、一体何を意図したものなのだろう。振り返る先に何もなかった。

そう真っ当なものは彼の純な若さの門出の悦びだけの、問答無用の中で生まれた自己主張の選択肢かもしれなかった。渋い後味が凝っていた。バベルの塔は、卒然として、其処に立ちはだかっていた。

四　人心移ろい易し

「掌を翻せば晴れ　掌を翻せば雨　何んぞ　人の心の移い易すし」

杜甫の貧交行[*37]になぞらえて、斐はこう思った。信じ難いものは、人の心の推移だった。外観と内観、人を批判する資格は斐には無かった。人に利用される事に厭《いと》いもなかった。

日常茶飯事、彼女は人に何らかのフォローを受けて生活を成り立たせていた。

フィフティ・フィフティ、ギブアンドテイク。

労力という領域の観点からは、時代性の介護福祉の出だしの傘下で、マァマァの線をたどれていた。

しかし、彼女が一足跳んで、本当に欲している物は、そういう贖《アガナイ》の類で足りるものではない事は、豪の性情の頷《うなず》きが、誰れよりも、深く受けとめてくれているはずのものとしていた。

元々、二人の間では言葉は形をなさないものだった。知と論と理の領域には、天と地のひらきがあった。在るのは心の情と勘との感性の波の間を、お互いの推測で泳いでいたに過ぎない仲だった。そう受け取れば、絆はいつでも断ち切れた。

＊37　漢詩。原文は「翻手作雲覆手雨」。人の心は変わりやすい例え。

大学受験の多感な時期の豪の志望は司法に引かれていた。当時の殺伐な四面楚歌の国状の皺寄せは、もっとも命に弱い乳幼児とその母体である母子の上に顕著に映しだされていた。

食糧不足の弊害、奇形児の出産と子殺しのパーセンテージの増大。新聞の社会面での賑わいは、ただ、世論を巻き起こすだけの、人の心に響かせる力はまだなかった。

人々は衣・食・住に追われ、他を顧みる余情などはサラサラなかった。遇々、豪の住む地区の入試・進路指導に備えての実施か、世論の動向を知るためか、模擬裁判の課題に、この乳幼児・障害児殺しが取り上げられていた。

参加した学生達が、三々五々帰途につく道すがらに、交わされた会話の殆どは、母親の労働過重、精神的な周囲からの圧迫等。そちらに重点が置かれ、障害児殺しは正当化され、我が身だけが生きるに相応しいとする、お寒さの世相の内では若者達の思考の萌芽に、まだ殺される障害児の命の倫理を、正面切って語りだす自信を持つ知識人も親もいなかった。

そこに立つ、豪の不審を破ったのは、鋭角に己の命の要めだけを盾として、疑問符の叫びを挙げた集団を知った事からだった。障害者問題・人権、彼の頭脳へのきっかけ、それだけは与えていた。

斐はそういう階層社会の瓦解の血筋と、敗戦の残影を真面に背負った育ちにあり、豪は、そういう世相の、やや遅れての生まれであり、丁度次世代への循環の欠けを、何の障壁も感じずガッシリと摑みあげ、表明し得る主としての、嘱望の総てを次第に、斐は豪、一本に賭けはじめていた。

五　自然消滅　〔一九七五年（昭和五〇年）　斐四十九歳〕

斐が、何故あれ程身を入れていた所属の会の管轄から遠ざかっているのか、理由には二つの既成の回路があった。

お嬢様育ちの彼女には、所詮社会運動などは無理とする敬遠の説が蒸し返されてきている事だった。彼女にもそれは納得のゆく説になっていた。

その革新的な活動団体と目されるに至った会にも二つの流れが生じていた。東京の霞ヶ関のド真中に官庁街を控え、日本全体の中軸をお膝元と住民が感じていれば、嫌でも東京在住の一派の眼は文句なく、そちらに傾く。本部員達の面目は、社会情勢・状況を先取りの計算もちらついていた。

大雑把にいって斐が、その場その場で把握した東京の上層部の意思の有り方は当然お膝元の東京本部がイニシアチブを取り、そこを突破口として、都の建てる施設に参画すれば、社会参加を目指す方向にも加われ、同時に仲間達以外の団体にも顔が利き、その要望にも応じられる。

他方、地方に陣取って気勢を挙げている、地方政治に圧し詰められ、その頑迷さの旧態依然たる態度に、業を煮やし、和尚の教えと仲間の快挙に活気づいて、地方連携の力と意気に燃えあがり、まだまだこの運動体の形式を信奉する二派と、名目的には辛うじて名前と資格だけは握っている執行部との、三者の連携の筋は保たれながら、会は、事実上、学生運動と政党の渦に引きこまれていった。

そんな若手の先行き無しの快挙に引き込まれる程には、斐の知力は活性化されていなかった。

だが終戦後の巷にゴチャマゼに蔓延してきた説論の内に、かつて赤鬚と呼ばれ、ある有名な闘争の立役者として、運動名をはせていた神様的存在を誇る医師が、活発に動けるCP達に向って、吹き込む起死回生に繋ぐ、道の一つがあった。そこには説得力と傾かせるだけの名望の力が合わさっていた。彼女にも、当然この手は伸ばされてきていた。

しかし彼女は動かなかった。母の介護を盾にしての逃げのつもりはなかった。早晩、自分は生き方を変えなければならない。

それには自分自身への核が欲しかった。

たしかに今、巷に繰り広げられている、自分達の生存を社会の内に定着させたいと、目覚めた少数の知識人の論を頼りの戦いは、動ける動作可能の軽度のCPには福音には違いなかった。

だがそれはごく一部の労働可能なエリートにしか福音をもたらさない。へたをすれば仲間内にも、今の社会制の亜流を押し付ける結果を呼ぶばかりか、同士としていた相手にさえ、格差の隔てを持たせる懸念も考えられた。

小学校だけの斐の識力には問題が複雑すぎた。彼女はどこにも与しなかった。彼女は、男ではなかった。女でもなかった。

この時点では、会に自然と顔を出す度合いもなくなっていた。二つの流れが本格化する前に、彼女は自分が人生で当然通過すべき、人の情緒性・感情のアヤメ（文目）[*38]だけでもせめて身に付き添わせておきたいと思っていた。斐は、会から身を引くまでもなく、自然消滅的な立場になっていた。

それはそれとして、彼女の好むと好まざるとにかかわらず、一時期、会に起った抗争の縺れの余波が、此の医師に知られ、緊急にその収拾の役割にいつの間にか白羽の矢を立てられていた。

やむなく、斐は駆り出され、カバン持ちよろしく、都内の医師関連の施設や、大学を廻り歩く羽目を仰せつかってしまった。

お供をして廻り歩き、息抜きのコーヒーショップの僅かな隙にやっと医師と向き合い問題の進展とそれへの対応・経緯などの話の角度の指示から、時々、ヒョイと横に逸れて、話は、運動とその行く先のビジョンに飛ぶ事があった。

いつもは医師直属の信奉者の側近が囲んで話の辻褄は合わされていた。

偶然か、図ったのか聞き手は斐一人だった。

彼女はヘタな受け答えをしたか、又は医師の筋論の抜けを判らないながら突き破ってしまっていたのか、穏和な口調と顔はたちまちに消えて、巨大な動かし難

＊38　道理。「ほととぎす鳴くやさつきのあやめぐさ　あやめも知らぬ恋もするかな」古今和歌集で「恋歌」の編の一番最初の歌。

い党員の鎧い姿に変わっていた。勿論彼女は、自分の問いの何が、医師の逆鱗に触れたのかは解からなかった。

ただ、本能的な勘の走りのように、自分の想定の芽が「これではない、別の処にある」と、ふいッと咄嗟に嘯《うそぶ》きを発せさせる程に、彼女に確信をもたせたはずの捜し物は、ついに彼女を困惑と矛盾の内に残したまま、豪との対峙の場まで斐を運んでしまっていた。

「オープン・ザ・セサミ*[39]」

もし砂漠の赤茶けた岩山に向かって、彼女がこう叫ぶとしたら、それは有形の宝へではなく、無痕の夢の架け橋に対してだろう。

斐は、殆ど自分を投げていた。

六　別れ　［一九九三年（平成五年）　斐六十七歳］

キラキラと宝飾のように煌めきを放つツリーが日常の光に落着き始めた刻を置いて、豪は斐の前に姿を現した。無言のまま彼女は白々と、彼の起居振る舞いを目で追うだけになっていた。堪り兼ねたように表した豪の言葉は、云わずもがなの一言に尽きていた。

彼の言葉に厚みはなかった。斐の目指す、ただ一つの人の誇りの次元と想う、二人の育みの箇所を見事に外していた。寓意を含む物なのか、通常の女の怒りのイメージを、明らかに斐の心として投影させていた。確かに、斐は自己中心的に彼を引き回していた。

ミクロな市井文化の雰囲気の哀に浸らせ、引き込んでいたのも、誰でもない、彼女自身だった。が、彼女が健全者という存在者に託したいとするものその存在

＊39　開けゴマ。

物の影さえ探り当てて、確かと、示せない無根のものの、佇《たたず》みを察知し、理解して活かし、保っていって欲しいと望むのはオコのサタ*40だった。

「他力本願」

斐の脳裏に、ニヤリと不敵に笑う、和尚の白い歯のこぼれが浮かんで消えた。

思わず彼女は、自身の信条の未だ整いの無いすべてを込めて、恰《あたか》も和尚への二重の反発のように、それを、対峙している豪に向って、鋭く、感情過多な未知数の形のまま豪が自分に投げかけた、同じフレーズながら、自分独自の渾身の想いを込めて、ハッシと、オウム返しに力一杯、投げかえしていた。知と論と理は、あくまでも彼の領域だった。

彼は、まだ、自分のバランスの片寄りになかば支配されていた。それでも斐に鮮明に、何か予想外の、知覚の凝り固まりを打ち付けられた事は解かっていた。

沈黙と戸惑いとの綯い交ぜに甦ってきたのは、何故自分がここに居るのか、という意識だった。

「アッ僕だ」

斐の願い、最後に投げ打った反復のキーワード、花托*41への着生。

それはかろうじてそこに止まっていた。

「ドッジボール 地に落ちずして 輝やけり」。表立つ事もなく、その知覚は、瞬時に閉じていた。裏のない生の無根の純性、それが無音でなかった事も、青年の日の生一本さをも仄《ほの》みせて、斐に和らぎを与えていた。

それだけでよかった。彼は、彼だった。

彼への託しはもう、終わっていた。

それ以上の深入りは無用だった。それ以上は、すべての阻みになる。分は弁え

＊40 烏滸の沙汰。ばかげていること、いかにも愚かなこと。
＊41 被子植物の花が育つ部分。

るべきものだった。

認める物は、認められるべきものだった。

青年期から壮年期への想定の飛躍は、彼次第でよかった。集団でも独りでもよかった。欲する事は何ものも無かった。

斐は開眼した。悟りとは、別の境地かもしれなかった。彼女は深く息をついた。

沈思を保つ玄関の寂寞は、残る、にび色の射光の内に訪なう影もなく静もっていた。

終章　判決

二〇〇六年（平成一八年）　斐　八十歳

一　怒号

東京地方裁判所一階の俗にいう大法廷。傍聴席はマスコミ関係者と、一部に行政職員、そのほかは障害者、その支援者で埋め尽くされていた。

障害者の移動支援費を強制削減した行政の処分の違法性が審理された移動支援費訴訟の判決言い渡しを待っていた。

「御起立下さい」。廷吏が上ずった声で命じる。

歳の頃五十歳ほどと思われる男性裁判長と二名の裁判官が裁判官席に座った。

「判決を言い渡します。

原告の請求をいずれも却下する。

訴訟費用はいずれも原告の負担とする」

途端に、傍聴席から、「どうしてえ〜」女性の悲鳴が上がり、「不当判決だ〜」

男性の野太い怒声が響き渡り、法廷は騒然とした。

豪は全てがスローモーションのように見え、一瞬脳震盪のように意識が遠のいて行くのを感じた。

二 形式敗訴・実質勝訴

そこに裁判長の「静かに聞いてください！」と、やや甲高い声が場を制した。

原告代理人席で豪は不思議に思った。

刑事事件ならともかく、民事訴訟の一種である行政訴訟においては、五秒ほどで判決主文を読み上げた裁判長は、法廷の裁判長席の後ろ（傍聴席から見ると前）の壁にあるドアからさっさと消え去るのが普通だからである。

裁判長は「理由の概要をご説明します」と切り出した。

法廷に静寂が戻った。

「訴訟の途中で支援費の根拠法の該当条文が国会で削除されたため、行政訴訟としては不適法となり、原告敗訴の却下判決です。

しかしながら、審理対象となった本件行政処分はいずれも違法と裁判所として考えます。

その理由を述べます。

身体障害者が外出する時間は、各人により千差万別です。

法は個別に勘案事項の調査を行い、その調査結果に基づき支給時間を決定するものとしています。

ところが、本件の要綱は、障害者の外出の時間を一律に月三二時間以内と定め、それを超えるのは、行政庁が特段の事情があると認めた場合に限るとして、厳格な基準を設けています。

このような厳格な基準による判断がなされた場合、必要な移動介護が激減することも考えられ、法の趣旨に反するものと言わざるを得ません。

原告に対する支援の必要性を考慮せずに一律に削減した本件行政処分は、社会通念に照らし著しく妥当性を欠くものといわざるを得ず、裁量の範囲を逸脱したものとして違法な処分です」


勝訴したはずの被告行政側の指定代理人たちは、当初の赤ら顔から顔色がみるみる失われ、文字通り、がっくりとうなだれた。

原告にとって、形式敗訴だが、実質的には明らかに勝訴だった。

三　バトン

法廷には行かなかった斐だったが、豪から判決の様子を聞かされた。
これで何が変わるかは分からない。
しかし、確実に何かの風穴が開いた。時代の胎動が感じられた。
バトンは次の世代に委ねられた。
斐は言葉にはしないが、豪の眼を見据えた。
お互いその意味は通じあっていた。

編者あとがき

高山久子さんは、一九二六年（大正一五年）六月二五日生まれ、二〇一七年（平成二九年）の誕生日で九十一歳を迎えました。

本書は、一九六九年（昭和四四年）の『掌《てのひら》の性《さが》』、二〇〇〇年の『無足《むそく》の性《さが》』に続く、三冊目の彼女の著作です。

二〇〇七年頃から執筆開始し、二〇一三年頃までかけて、毎日、カシオのワープロで、一文字一文字、一本の指で打ち込んでいったものです。

内容は、ご自身では自叙伝を書いているつもりはないと思いますが、私小説とでもいうものでしょうか。ご自身の祖父母などの系譜を語り、幼少期の体験や思索の跡が綴られ、現代にまで繋がります。

編者の私は、おそらく、小説の豪のモデルとされた者かと思います。不名誉のような書き方もあり、心中複雑なものもありながら、編集のお手伝いをさせていただきました。

筆者の溢れ出る教養に満ちた表現も、そのままでは現在の読者には読解が困難と思われ、平易化したり、脚注を入れたり、若干の文章の順序の入れ替えなどさせていただきました。
日本あるいは世界の障害当事者運動の産声を知っている彼女の紡ぎだす物語は貴重で、きっと読者に何かを届けてくれるでしょう。

藤岡　毅

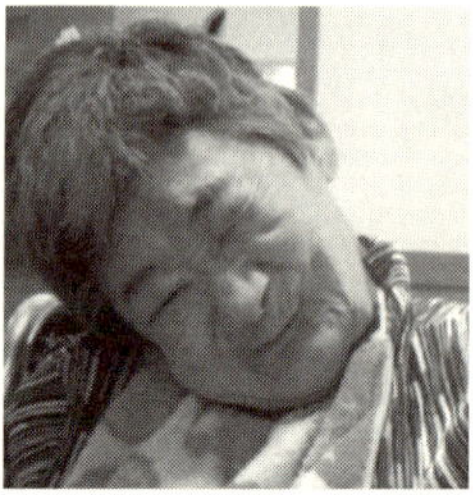

著者
高山久子（たかやま・ひさこ）

一九二六年（大正一五年）東京都生まれ。

一九五七年（昭和三二年）脳性まひの仲間と共に「青い芝の会」を結成。

一九六九年（昭和四四年）一〇月『掌《てのひら》の性《さが》』（桃山書房・自費出版）を出版。その後、「空飛ぶ車いすの会」の結成に関与し、一九七六年（昭和五一年）から約九年間会長を務める。

二〇〇〇年（平成一二年）一月『無足《むそく》の性《さが》』（朝日新聞社・自費出版）を出版。

二〇〇四年（平成一六年）四月　自宅にて「子育てひろば」特定非営利活動法人こあら村を立ち上げ、理事長就任。

二〇一六年（平成二八年）三月　NHK「戦後史証言アーカイブス」「二〇一五年度　未来への選択　第六回　障害者福祉〜共に暮らせる社会をめざして〜」に証言者のひとりとして登場。

風《かぜ》の狭間《はざま》で
「青《あお》い芝《しば》の会《かい》」・生《う》みの親《おや》からの伝言《でんごん》

2017年7月20日　第1版第1刷発行

著者　高山久子
発行者　菊地泰博
発行所　株式会社現代書館
〒102-0072　東京都千代田区飯田橋3-2-5
電話 03-3221-1321　FAX 03-3262-5906　振替 00120-3-83725
http://www.gendaishokan.co.jp/

印刷所　平河工業社（本文）　東光印刷所（カバー・表紙・別丁扉）
製本所　積信堂
ブックデザイン　伊藤滋章（カバー写真 ©iStockphoto.com/xxmmxx）

校正協力：渡邉潤子

Printed in Japan　ISBN978-4-7684-3557-1
定価はカバーに表示してあります。乱丁・落丁本はおとりかえいたします。

活字で利用できない方のための
テキストデータ請求券
『風の狭間で』